野火

湘西张三 著

陕西新华出版传媒集团
太白文艺出版社·西安

图书在版编目（CIP）数据

野火 / 湘西张三著. -- 西安 : 太白文艺出版社，2022.5

ISBN 978-7-5513-2181-5

Ⅰ. ①野… Ⅱ. ①湘… Ⅲ. ①诗集–中国–当代 Ⅳ. ①I227

中国版本图书馆 CIP 数据核字(2022)第 062438 号

野火
YE HUO

作　　者　湘西张三
责任编辑　刘宇龙
特邀编辑　张立云
装帧设计　云上雅集
出版发行　陕西新华出版传媒集团
　　　　　太 白 文 艺 出 版 社
经　　销　新华书店
印　　刷　长沙市精宏印务有限公司
开　　本　889mm × 1194mm　1/32
字　　数　70 千字
印　　张　6
版　　次　2022 年 5 月第 1 版
印　　次　2022 年 5 月第 1 次印刷
书　　号　ISBN 978-7-5513-2181-5
定　　价　68.00 元

联系电话：029-81206800
出版社地址：西安市曲江新区登高路 1388 号(邮编:710061)
营销中心电话：029-87277748　029-87217872

湘西张三说

我写了我想写的，这就是我的表达

你看见你心里有的，那是你自己

我们之间唯一的链接

就是这本书

谢谢你

一块石头击中湖面
一滴雨水落入泥土
一朵花开在春天
阳光洒在大街上
你我寄居在人间

漫漫长途

黄沙满天

我一人远行

当然，我们终将独自远行

YE
HUO

野火

目录

辑一　小小、小小的

004 ____ 清明
005 ____ 思念
006 ____ 小小、小小的
008 ____ 我正青春，你正少年
009 ____ 旅途
010 ____ 烟花三月下扬州
012 ____ 我惭愧

014 ____ 生活没有尽头
015 ____ 为你写诗
018 ____ 我想要的只不过是一场雪
020 ____ 我以梦为马的兄弟
021 ____ 落叶还是种子
022 ____ 哥哥
024 ____ 雪地里的孤魂野鬼
025 ____ 水里的影子
026 ____ 凌晨四点
027 ____ 路
028 ____ 坐等花开
029 ____ 长沙
030 ____ 小溪
031 ____ 中秋，月上文峰楼
032 ____ 银杏
033 ____ 隔岸观火
034 ____ 背对人间，面对你
035 ____ 藏
036 ____ 烟
038 ____ 我该如何告诉你
040 ____ 花
042 ____ 微不足道

044 ____ 泥盆纪的海
049 ____ 无迹可寻
050 ____ 我想挖一口井
051 ____ 春雷
052 ____ 禁忌
053 ____ 热爱
054 ____ 归来
055 ____ 春天和村庄
056 ____ 真实
057 ____ 桃花
060 ____ 时间
062 ____ 丛林法则
064 ____ 春天见
066 ____ 少年
068 ____ 忽然这样想起你
070 ____ 春分
071 ____ 谷雨
072 ____ 立夏
074 ____ 路过长沙城
076 ____ 小满
077 ____ 大雨来临之前
078 ____ 你是我的神

辑二　野火

082 ____ 只有你
083 ____ 大寒，送别
084 ____ 梦中人
085 ____ 被辜负的繁星
086 ____ 分别的日子
087 ____ 空
088 ____ 记梦
090 ____ 重生
091 ____ 我爱的那个男人
094 ____ 原因
096 ____ 旧地
099 ____ 等船
100 ____ 复苏
101 ____ 和一朵花相遇
104 ____ 幻想再一次相聚
106 ____ 饯别

108 ____ 黄昏
110 ____ 叫爱
111 ____ 浪费
112 ____ 陌生
114 ____ 秘密
115 ____ 适合见你
116 ____ 知己
120 ____ 四声长沙
121 ____ 安心
122 ____ 送别
124 ____ 无话可说
125 ____ 无题
126 ____ 自由
127 ____ 赠友人·盼归
128 ____ 这不是诗
130 ____ 野火

辑三　我的故乡

134 ____ 我的故乡
150 ____ 白云山
151 ____ 二〇一八年七月
152 ____ 老屋
153 ____ 乌龙山顶
154 ____ 迷路
155 ____ 冬天的湘西
156 ____ 誓词
157 ____ 晚上九点走在大街上的人
158 ____ 清明有感
162 ____ 一树梨花
163 ____ 失约
164 ____ 给海子，我的兄弟
166 ____ 带你去看文峰楼
168 ____ 人间一瞬
170 ____ 不知道
171 ____ 是时候了，来湘西吧

YE
HUO

野
火

辑一 ◉ 小小、小小的

冷冷的
静静的春天里
低着头
看见小小的自己
小小的
微不足道的悲喜

清明

今夜
我想起一座叫长安的城
我想起了我的前生
那长长的夕阳古道上
随命运的车轮渐渐远去的背影
我想起细雨纷飞的长亭外
那双久久不愿松开的手
以及青砖碧瓦的屋檐下
你我共同燃起的那盏灯
多少时光飞逝而去啊
我们又失散了几个轮回
今夜
我回到了这座叫长安的城
而你呢
走失在千山万水的哪条荆棘小径里

思念

风吹起的白色窗纱让我想起远方
丘峦起伏的远方
是否也有这样的微风吹拂过你的脸庞
风吹过你身旁的那刻
你是否也像我一样
以柔风一样的心思
把你收藏

小小、小小的

冷冷的
静静的春天里
低着头
看见小小的自己
小小的
微不足道的悲喜
于是世界更加安静
我该向谁问取呢
问取你眼里的那丝柔情
亲爱的
我多么想你也小小的
然后
我们牵着手
静静地一起去看流水

或者

什么都不看

我们就闭着眼睛

听春雨打在我们脸上的声音

或者

亲爱的

我们就此相拥着老去化成春泥吧

那么再长的岁月

我们也不会经受

别离

我正青春，你正少年

多想一切从未改变
多想古老的故事从未走远
如同待字闺中的少女
放飞情郎手中的纸鸢
没有红尘滚滚
也没有万水千山
我正青春
你正少年

旅途

我不怕下辈子你不给我点一盏灯
因为即使你不为我点一盏灯
我也能知道你的方向

我不怕下辈子你不伸出你的手
因为即使你不伸出你的
我也一定会伸出我的

我只是怕
没有下辈子

烟花三月下扬州

真的是个梦
我等你在微雨的巷陌
你还是那个你
今生
来生
我们总会相逢

如果不是梦
我会乘一叶轻舟
春风十里相拥
细雨
琼花
人生只适合居扬州

可是没有梦

我一个人行走

只有望不断的

长亭

短亭

人生何处是归程

我惭愧

我惭愧

为自己无知的人云亦云

我惭愧

面对如此珍贵的生命

我惭愧

为自寻烦恼的自己

我惭愧

当灾难来临

我只能远隔在千里以外流泪

我惭愧

为自己渐行渐远而丢弃的梦想

我惭愧

当我想起年迈的双亲

我惭愧

当我面对高山、流水

我之所以惭愧

是因为今天是母亲的生日

而我，没有回去

生活没有尽头

下午
一个人坐在柔情似水的长沙
觉得生命的路在延伸
而我
在当下活着

为你写诗

亲爱的

我要为你变成世间最清澈的泉

再祈求月亮还我那根千年的红线

于是人海茫茫、万水千山

你都会赶来

当你到达我的跟前

你会发现

我多情的泉水已为你盛开如白莲

我要为你洗去满脸的疲惫

我要用柔情

融化你半世的孤单

从此以后

不论是月落、月升

潮起还是潮落

我都陪你住在梦里的南山

生命的路在延伸

而我

在当下活着

我想要的只不过是一场雪

我想，我需要一场雪

我需要在一个寂静的小镇里
一场为我燃放的烟花

我需要一双眼神
牵引出
我埋藏心底的泪水

我需要一次彻心彻骨的寒冷
将我的内心洗礼

我需要走一段长长
长长的路

那是走也走不完的长亭和短亭

那是

无法说再见的人生

要的不是阳光

这个冬天里

想要的只不过是一场雪

我以梦为马的兄弟

我以梦为马的兄弟
面对曾经让你惭愧的大河
我也惭愧
这个春天里
一切都在生长
我也终于只属于我自己
我开始明白
你随太阳一起离开
带走的只是诗歌的尸体
诗歌与太阳获得了胜利
剩下的这些、你的兄弟姐妹
只能站在太阳下
躲在诗歌里
哭泣

落叶还是种子

我在想
自己是一片落叶
还是一粒种子

是落叶
就可以安静地贴近大地

是种子
就要等待另一场春雨
经历另一次生死轮回
人生真长
长得我已经懒得去憧憬

哥哥

哥哥
我已经很久都没有哭泣
不是不难过
而是
走到现在才发现
无论在谁面前我都失去了哭泣的理由
但是
今夜
我想起了你

我想起了
不管怎么样
无论什么时候
我都是你的妹妹

毫无疑问、毋庸置疑
这个结果这么笃定
笃定得让我相信
即使我渺小、苍老、毫无利用价值
轻浮、愚蠢
我依然是你的妹妹
是你小小的
妹妹

哥哥
今夜我终于可以对着残月
在黑暗里
放声哭泣

雪地里的孤魂野鬼

大片大片的雪
从我眼前呼啸而过
思念的歌声穿过我的耳朵
大雪
是适合思念的日子
而我的思念却没有去处

看着倒退的城市夜景
犹如看见离我渐渐远去的你
我为什么那么悲伤呢
在慢慢接近你的旅途里

若我也和你一样聪明
我就会在适合思念的日子思念你
在靠近你的时候才爱你

水里的影子

梦里都是等待
空落的等待

那是因为又看见了你
一个水里的影子
我捞了这么多年

我想，我也是一个影子
一个你要的影子
只是影子

我对着水里喊
喂，喂……
生活里其实空无期待

凌晨四点

梦见
鲜花在雪地里盛开
醒来
想起白天搭乘的那辆乘客稀落的车
为了你
要把这些美好与寂寥
记录下来
我这样告诉自己
不管是在梦里还是梦外

路

看见一条笔直的路
忽然就想起你了
对于我来说
你就在路的那头
毫无疑问
我一直都在向你靠近
却一直走不到尽头

坐等花开

如果
我来的时候你还没来
我会在这里
坐等花开

如果
我来的时候你已离开
我就在这里
坐等花开

最后
花开
一朵
一朵
都会慢慢落下来

长沙

远的时候
你是一个方向
我触不可及

近的时候
你是一道伤口
永远在那个漫天风雪的日子里疼痛
从未愈合

你还是
一条条道路
每一条都离我而去
不知归途

小溪

一路寻你而来
飞鸟流萤
你也在路上

在你腹地入眠
秋虫溪水
我在你其中

我来
或许只是为了让你认领
那个深夜啼哭的婴儿

中秋，月上文峰楼

你从水调歌头赶来
你从对影成三人的酒杯中赶来
你从黄昏后的誓约中赶来
你穿过二十四桥、八千里路
匆匆赶来

你，来得太迟
炫目的街灯中已经没有人鼓弦而歌
灯火辉煌里再没有人仰望星空

我看见你悄悄地爬上枝头
悄悄地站在妖艳的文峰楼身后
问我
那么你
在这里做什么

银杏

只有他一个人承认秋天的来临
他像秋天一样金黄
像一棵树那样坦然、笔直、栉风沐雨
那些掩耳盗铃、弄虚作假
就在他周围发生
震耳欲聋、铺天盖地
几欲把他吞并
他似乎应该明白，抵抗毫无意义
其实
他不过是明白
秋天来了
叶子就该是黄的

隔岸观火

除夕之夜
万家灯火
我在此岸端坐

隔岸此起彼伏的烟花
为我在黑暗中蹿起
坠落

人间
是我手里的一个气球
我在此岸用视线轻轻地牵着

关于你
不过只是
一念起时，一念又落

背对人间，面对你

每一天
太阳都照常升起
我穿过岁月
不远千里
赶来
是因为你

有没有太阳
是不是清晨
真的没关系
我想的只是
有那么一刻
能够
背对人间，面对你

注：某日清晨，大雾，与朋友相约去看海上日出未果，给他拍了一张面朝大海的照片，有感。

藏

如果
你感到幸福
请小心收藏
不得已时
再绽放

譬如春天
漫山遍野
都是
藏不住的希望

烟

好了
你不用再告诉我什么了
当我看着你
我已经不能知道更多了

请你为我卷一支烟吧
把那些青春、诗歌、故事、梦想……
丝丝缕缕
用现实的烟纸严实包裹
然后
用你准备好的火
把它点燃

你递给我

我会抽的

虽然

它有点苦

但是我知道

这就是你想对我说的

全部

我该如何告诉你

我该如何告诉你
傍晚出发
一个人开车去山里的小县城
车子在武陵山脉里一路行驶
到的时候
天已经黑了

我该如何告诉你
今夜
我住在一个水边的客栈里
落地玻璃窗
窗外整夜都是温柔的水声

我该如何告诉你

亲爱的

我听着你的那些歌

像从前一样

我从别人写的歌词里

猜你想对我说的话

亲爱的

那次一别后

你还好吗

你还好吧

你当然很好

你知道吗

在我身边的一直是你

所以我

迷失在深深的山脉里

走不出去

花

里面那层最厚实
然后渐次绽放
外面那层轻薄、透亮
圈绕着
内心的温和

海棠，海棠，是海棠
我轻声细语，却把自己叫醒了
醒后依然惊艳
惊艳于
那浅红、那微白

又觉得她应该是红梅
不是吗

她有刚劲的枝干
我是说
你的手

枕着你
我做了一个梦
梦见自己变成一朵渐次展开的海棠
盛开
在你肩头

微不足道

一块石头击中湖面
一滴雨水落入泥土
一朵花开在春天
阳光洒在大街上
你我寄居在人间
这些事情都微不足道
但是
春天微雨的午后
我穿过开着鲜花的小径
来到湖边
把一块石头掷入湖面
此刻的你
走在洒满阳光的大街上
拍下一张照片

连同没说出口的语言

通过手机传给我

于是

这一切

变得像一个谜团

穷尽你我微不足道的一生

也找不到答案

泥盆纪的海

——听说张家界的山曾是泥盆纪的海底

很多次我欲言又止
你呀
你呀
我总是不知道该如何称呼你

今夜，我终于想明白了
你就是那个
把我的灵魂含在嘴里的人
你知道
你是唯一那个
有权力把她吞进肚子里的人
你怕她化了
又怕她疼了
所以你

小心翼翼

所以你

温柔仔细

所以你

耐心地、温柔地

一遍又一遍

将她翻覆清洗

直到

直到她的每一个细胞都清澈透明

每一次都不知道该怎么呼唤你

所以你

看到的

总是我的背影

我确实是在告别呀

可是

我的灵魂还在你那里

所以

无论千里万里

我都要来寻你

哪怕你在泥盆纪

你说了一句
来看海吧
我说：好
伴着小提琴高昂的奏曲
我奔向你
你就在那里
在那座山上
你就在那里
在那座城里
你就在这里
在这夜色里
你就在这里
我飞奔向你
你在我怀里
我融入你

你看见我幸福又遗憾的泪水了吗
我该怎么告诉你

我是来拿我的灵魂的
你永远不会知道
我是如何艰难地
从你那里一点一点地收回
然后再用几亿年的光阴
将这透明的灵魂融进我的血液里
才得以完成这场别离
然后再慢慢
慢慢
将自己拼凑完整

寂寞的你
陌生的你
睡在泥盆纪
隔着几亿年的光阴
我看着你
我无法睡去
却也不忍吵醒你
你看不到、你也无法安慰这个
一夜未眠的人

岁月远去

岁月远去啊

依然是匆匆离开的你

仰头的天空里

哪一颗

是你曾经看过的流星

恋恋不舍的我

踏过的大地上

哪一寸

留下了你的讯息

没有、没有

哪里都没有凭据

只有这山间的风

在飕飕地吹

飕飕地吹

亘古不变

飕飕地吹

无迹可寻

让我来写一封信
说一说今天雨后的云
它们那么天真无邪地从头顶飘过

说一说从来没有说过的话
那些话因为太真实而说不出口
它会让听到的人感到害羞

说一说晚上的星星、路边的树
说一说那些孤独无助、涕泗横流的人
说一说那些走过千里万里依然无路可去的旅途

这封信在酝酿的期间已经消失
如同
那个从来没有存在过的自己

我想挖一口井

我想挖一口井
慢慢地挖，也不急
土应该开始松软了吧
所以挖起来不费力气
说不定还会碰上一条出来伸懒腰的蚯蚓
我看见周围的草根都充满了生命力
我不急，慢慢地挖
等到春天来临
这口井也就挖好了
那时候，井水都会被春天染绿
到那时，我把这井水带去给你
你一定知道，这井是我挖的
你要是不知道，我就告诉你
然后把你捧在手里
就像，就像这井水

春雷

夜晚
你的消息与春雷一起来临
所以
我便知道了
空间上
现在
你距离我三公里
如果我是声音
十秒就可以抵达你
如果我是光
早已照亮你
可是，我只是我而已
所以，只能是这样
我在你三公里外
听着从你那里传来的隆隆雷声

禁忌

比如看见一朵花
你会觉得美
你会在它旁边停留
或是摘下它放在你的案头
比如看见一棵树
你可以站在它旁边躲躲太阳
比如你看见一块石头
你可以坐在上面休息休息
你看见我
你会假装没看见
最多看一眼
然后继续往前或者往回走

热爱

所有的诗句必须奔向你
它们才会喷涌而出
所有的阳光必须照耀你
才会温暖我
所有的雨必须来自你
才不会淋湿我
所有的风必须经过你
才能吹向我
所有的日子
必须有你
才能称之为活着
你就是我的诗句、我的阳光
我的雨水和风、我的生活
我是说，诗、阳光、雨水和风
就是我热爱着的生活

归来

——读海子的《黎明》

孩子
你随泉水与落花远去
再也不会负伤
你眺望过的山冈上
麦子正默默生长

二十八年前的雨雪
落在今天的大地上
这突然间纷扬的白，是你
还是你经过时扬起的尘埃

我安心地睡去
我知道，当黎明再次开启
天空已被你打扫得干干净净
太阳会如期归来

春天和村庄

春天被赶出门外
门外
草儿疯长
鸟儿飞翔
杏花开在细雨纷飞的路旁
路的尽头
是我们遗忘了的故乡
桃花和春天
站在紧闭的门外
守候着
寂寞的村庄

真实

一片玫瑰花瓣落下来
被我放在手中
她这么柔软
柔软
但没有一点悲伤的意思
她叶脉清晰
坦诚地躺在那里
告诉我
什么叫真实
更多时候
我们没有看到她的凋落
都是遗弃
或从她身上踏过

桃花

嗯——

五片花瓣

微漾的红

在枝头笑逐颜开

不是在等谁

谁路过

她就点点头

就算是风

也忍不住频频回首

那个闻到清香的人说

嗯

只有她

也只有她

才配得上“桃花”这两个字

譬如春天

漫山遍野

都是

藏不住的希望

时间

一步一步
你从过去走来
一点一点
我变成我
被你看见
刚刚好的时间
刚刚好把彼此点燃
一滴一滴
落下来
一寸一寸
缓缓向前
终有那么一刻
在时间的长河里
因为命运

你飞身而下

孤独的旅人站在瀑布边

听着轰鸣的呐喊

错过的时间对他说

你看见了吗

什么

那些为你而来又离你而去的

从前

丛林法则

“为了生存你要流下屈辱的泪水”
写下这样诗句的人
已经离去
诗人用生命告诉我们
人类怎么可以只剩下“生存”

所以，我要告诉你
这里有早餐、阳光、爱和水
任谁，也不可能把这些抹去
也许，此刻
我确实闯入了你的法则里
但是请你闭嘴
我要好好地吃一顿早餐
走开吧
你去追逐你的猎物

我只喝我的井水

不用猜测、不用怀疑

请你头也不回地走吧

我看起来像是一个猎物

但是你瞧仔细了

我的双脚立在大地

我用双手劳动

用诗歌慰藉心灵

我还有一个你从来没有见过的

叫作自由的灵魂

在你的法则内

你呼风唤雨

那又怎么样

丛林法则

只适合低等动物生存

是

你机关算尽

但在人类目前

你只值得一个字

滚

春天见

山城充满了灰尘
勉强
忍到傍晚
选择一条小路
逃到山里面
下着小雨的山道
坡上
米白的花朵快开完了
就像
雪下得不彻底的冬天

但显然不是冬天
鸟儿欢快交谈
花儿兀自烂漫

城市的声音远远传来
爱情
家庭
工作
都远得
听不见
只有我和春天
在这里
静默相见

我忽然想起你
想告诉你此刻的春天
但是我没有
我想
你和春天
应该不需要逃到山里
才看得见

少年

很多年前
你见过一个少年
他站在屋前的篱笆外微笑
阳光穿过篱笆把你照亮
他欲言又止
他在你面前逗留
他希望你喊他一声
只要一声
他就会满面笑容地坐在你面前
爽朗地说：嗨
有时候他
跟在你后面
默默地希望你回头
然后踌躇着失望地往回走

他总是那个你根本就不需要努力
就能够见到的人
他出现在你面前的时候
你就像面对一张纸
一张白纸
拿起笔
你就可以在他身上写点什么
不管是写什么
他都等了很久

忽然这样想起你

不够好的我
不够好的你
在不够好的时间
遇上足够好的爱情
于是就有了阳光、空气和水

多年以后今天的早晨
当我爬上山顶
看到宛如新生的日出
恍然间想起你
想起你说的
太阳每天都照常升起
我恍然明白了
是的

亲爱的

你说得对

太阳每一天都是新的

就像今天

爱着别人的我

忽然这样想起你

春分

大河向西流去
永不回转
站在河两岸的春天
那么孤单

不期而遇的我们
看见一场花开
然后
各自启程
往该去的地方而去

在你孤独的背影后面
春天转过身去
渐行渐远

谷雨

春天来的时候我多么天真
我甚至想挖一口井给你
我甚至想和你一起去村庄里听寂静
春雷滚滚的时候
我居然以为是你在敲门
我甚至憧憬我们的明天
我还把我的日出
清晨的露水
我的微笑
早春的鲜花
我的泪水，都送给了你
我还
我还以为……
你会抓住这唯一的一次机会
做个好人

立夏

我想写一封信给你
谈一谈春天的桐花
她可能还在开
在山野里等
等我们手牵手站在她面前
谈一谈
抬头就能够看见的
清澈的蓝天
谈一谈
那座等我们进入的古城
还有古城里埋葬千年的故事
如果我们不去
他们会被岁月埋得更深
还有城楼上的月亮

一直在等
等我们给它一个眼神
它才赶到水调歌头去

春天都已经走远了
桐花兀自谢去
蓝天属于白云
古城埋葬着故事
月亮已蒙上灰尘
我和你之间
还差一封信
其实
何止一封信呢
我差的
是一个你

路过长沙城

出租车司机抱怨收入不够
是为了让加价说得更顺口
卖水果的摊贩盯着路人
买不起水果的人们，会获得一个
鄙夷的眼神
下班了
行色匆匆的人不是为了回家
而是赶着一场饭局或是一笔生意

诗歌被承包给了一个开发商
端午节在促销的路上
同事谈论着他买的五套房
地铁向四面八方延伸
野蛮地刺穿长沙的土壤

汽车尾灯遮蔽了月亮的光芒

广场舞的音乐与杜甫江阁珠联璧合

远处的岳麓山灯火辉煌

奔腾的湘江无可奈何

它自顾而去

把人们分隔两旁

小满

在深夜的路上
我告别你
告别一种可能
花在此刻开败
树叶发出同一种声音
溪水不再暴涨
春天所有的事
都已经过去

黎明指引我
穿过春天漆黑的夜
如同穿过冬天的寒冷
我在现在
告别你
告别草长莺飞的可能

大雨来临之前

风先来了

它抚弄你的发

然后穿过衣袂

抵达你

这个时候

一首舒缓的音乐响起

你仔细地听

刚刚吃下的食物

正穿过食道

向你的胃行进

是的，就是这样

此刻，风还送来了泥土的芬芳

结合听觉、触觉、味觉、嗅觉……

你闭上眼

然后，大雨应该落下来了

你是我的神

我们一起走啊走
越走越深
越走越近
你说看见了吗，这就是我的家啊
我说我曾哭着找到这里

你一定不知道
我也不想告诉你
世事寒冷
在这个冬天里
你，就是我的神
仅有的

YE
HUO

野火

辑二 ◉ 野火

我要的不是阳光

在这个冬天里

我想要的只不过是一场雪

只有你

只有一件事可做
只有一个人可想

想见你
和你先喝上三杯
三杯过后
我也醉了

这世上
只有一件事可做
只有一个人在身旁
世间的事啊
都是河水
在你我之外，荡漾

大寒，送别

送走最后一片银杏的黄叶
你站在路边
不知是不舍，还是等待
北风路过
雪花一直不见
篝火没生起来
满山的黄叶还在留恋秋天
你把王勃的诗再读了一遍
风雪是不会来了
你叹了口气，才往家里赶
回到来时的银杏树下
你抬头看见
叶苞，已挂满了树枝
你错过了秋天
就已经错过了，冬天

梦中人

我见过你

大概十次吧

每一次都像真实发生过

或者说

我常常看见你

当我站在镜子面前

看着每一寸身体

我几乎能够闻到你的气味

有时候我甚至怀疑

这身体

是不是就是你的

我不知道你是什么时候，怎样做到的

让我不止一次确定

这身体，它就是你的

被辜负的繁星

在车里
我说起我的愧疚
我年少轻狂的青春
我们说起胡兰成
被辜负的张爱玲
我们说起我们
说起终将付诸东流的人生
有一条路
在黑暗里延伸

我们竟然
没有下车看看
漫天的繁星

分别的日子

一直在下雨
我记得那些情景
当我独自坐在客厅里
开会的间隙
出差途中
午夜梦回
下班回家的书房外
银杏叶子在雨里翻飞
空气清新湿润
想再要点儿什么，已是不必

空

清晨的长沙，很空
蝉鸣声声衬着天高地阔

远处的两棵树
在风里摇动
它们站在一起
一样的姿势，一样的神色

记梦

1. 歌唱

我们坐下来
在阳光里，开始唱歌
一首接着一首
都是自己喜欢的
大街上阳光强烈
天空中
月亮升了起来

2. 青春

一个神情寥落的男人
五十几岁吧，头发花白

高大、消瘦

坐在路边的躺椅里

一个路过的人认识他

了解他的过往

他们谈起青春

我在旁边听着，都热泪盈盈

重生

假如，我是第一次睁开眼睛
我愿意是在春天
一个薄雾的清晨
一座植被茂盛的山林里
岔路口上
一条通往山顶
一条通往另一座山
还有一条是我来时的路
桐花开在稍远一点的林间
太阳藏在薄雾的后面
我深深呼吸
饱含热泪

此刻，我就在这里
我停了下来，闭上眼睛

我爱的那个男人

喜欢种菜，喜欢看云，喜欢苏东坡
他喜欢看书、喝茶，甘于贫困
他真诚、坚定
最最重要的是，他爱我
知道我的脆弱与唯一
懂得珍惜

他是不存在的
就像
理想中的自己不存在，是一样的

那个男人，如果存在
只有自在、独立
不为俗世所困的诗人张三
才配

诗、阳光、雨水和风

就是我热爱着的生活

原因

他们都不知道，什么是柔情似水
因为他们都没有见到过
我在你的怀里

其实我也不知道
如果不是爱过你

而你呢
我想起了你说的
“过去、现在、未来，将没有任何的不同，
从某一时刻起”

多年以后的今夜
我才号啕大哭着相信

就从柔情似水的那一刻起

我们相爱

并会一直爱下去

旧地

1.

窗外那棵枫树
叶子都快落光了
但我依然能够想象它的美

我记得那年盛夏，枝叶茂盛
我记得，我穿哪件衣服
哪双鞋子，哪个发型
我记住了，你的气味
你的柔情
似水
我因此而爱上你
我因此

而爱着你

2.

坐在一起的那个人
目光相接的那个人
不想和你分开的那个人
逗留着散步的那个人
你觉得可能会遇上的那个人
他真的、迎面走来
你张口结舌
他脱口而出的，正是你想的那句
走吧，我们一起

你们还没有开口
月光就洒了一地

3.

我一直以为

我爱你
会用一生
会只有你

可是
就在我们相识的旧地
我遇上一个
第一次见面
就想和他相好的人

但是我没有
因为想起了你

还有一次
我来到你的城市
才忘了另一个人

等船

栖凤桥下的几个人
和我不一样，不是去小溪
路塌方了，车开不过去
等家里的人划船来接呢

只有我
一个人，开着车
从家里出来，等船

复苏

忽然
一声春雷打下来
便有春雨跌落
从耳朵到大脑
经血管、每一条脉络
然后
听见自己的心
再次跳动

和一朵花相遇

你开得这么矜持、美丽
香啊
我深吸一口气
由衷地夸你
清新的香味
但是，有一点抱歉
我不知道你的姓名

没关系
你害羞的样子在回答
我也不知道你的

我知道

世界很大

我们的屋檐很小

这份快乐很平凡

可我还是会在爱的时候泪流满面

幻想再一次相聚

如果
我是说如果
在一个僻静的地方再见你
这时候花正开着
晚霞斜挂在天空
我正在乡间的路上走着
这时候看到你
我会对你说
来
我们走一走
我会告诉你
我的整个春天
告诉你
我的遗憾

告诉你

我曾对着空气说过的话

在你面前

我会哭出声来

我会看着你不知所措的样子

然后

在春天的傍晚

再次送你离开

饯别

端起第三杯酒
我敬你
想起漫漫长途
黄沙满天
我一人远行
当然，我们终将独自远行

但是
这最后一杯
我必须得敬你
说什么呢
说
其实我们可以再在一起走一阵子的
说

为什么你，不能和我携手同行
歌声已经响起
一个苍凉的男声在哼唱……
我知道，要启程了
我干了这第三杯
只对你说了一声：我走了

这是我与你分别后三年里
第一次独自喝醉
我真的走了，亲爱的

黄昏

我想知道
你，如何度过这个黄昏
是坐在阳台的摇椅里
看光线慢慢地、一点点暗下去
还是在拥挤的人潮、滚滚车流里
孤独前行

不
我知道
这个时候
你刚刚回到家里
一岁半的儿子正笑着跑向你
妻子从厨房端出来一碗汤
餐桌上，父母已经把碗筷摆好了

你坐下来

看了一眼，窗外的

黄昏

叫爱

我知道
世界很大
我们的屋檐很小
这份快乐很平凡
可我还是会在爱的时候泪流满面
你听哦
蟋蟀在窗外叫着
它爱秋天

浪费

如果
把你放在八月的夜里
一个陌生的小镇
空旷的旅店
凌晨
你还未入睡
你没有恐惧
只是冷静
冷静得无法睡去
冷静得梦不见爱情

快到了的中秋节在提醒
你，又将浪费一个花好月圆的机会

陌生

我坐在球场边
一个中年男人在打篮球
一下一下
一个人慢慢跑动
微凸的啤酒肚，脚步有点沉
稍显疲倦的脸
四十几岁吧
从少年到如今
他经历了什么
他是谁

他丢下篮球
慢跑过来
跑到我身边

我把矿泉水递了过去

给他擦脸上的汗

抬起头

认真地看着

这个，陪伴了我二十年的男人

秘密

突然而来的雨
真实可贵的你
自然片刻的馈赠
生命如此丰盛
我无言以对
无从知晓
这一切的原因

适合见你

穿了一件白裙子
是白雪的那种白
白茫茫的那种白

头发刚洗过
留有植物的清香
扎了一根辫子，垂在左边胸口

眉毛刚刚淡扫过
看着镜中的自己
干干净净
觉得适合见你

知己

傍晚的时候
下起了雨
我站在窗前
拍了一张照片
把这个消息告诉你
你说你那里也下雨了
你也正想把这个消息告诉给我
然后，我们在不同的空间坐了下来
聊一聊关于雨天的事情
再说一说这个秋天
是怎样一点点地将我们包围
我们各自写一两句关于雨天的诗句
这些诗句里有你、有我、有天地众生
或者，我们相约一起去看雨

看大雨洒在黑夜里

你可以仰起头

让雨洗去你苦难的泪水

在黑暗里

我会抱紧你

我带着你

我们循着光在路上同行

看着镜中的自己

干干净净

觉得适合见你

四声长沙

长沙

长沙

长沙

长沙

第一声

是认识你之前，长沙城的陌生

第二声

是第一次明白了，你我之间的距离

第三声

是曾想起你时，我的心跳

是我曾多少次抑制住，奔你而去的心

最后一声

是现在、是以后

长沙是一个地名

是我在长沙城里，却再也不会想见到你

安心

关上门
发现忘带钥匙了

突然笑出声来
仿佛看见你
急急忙忙地跑回来的样子
一边给我开门
一边责备我的坏记性

送别

日子连着日子
才会有黑夜
首先有我们
才会有离别

比起现世今生
那些徒劳无功
不可确定的事物
更让人挂怀

比如黑暗旷野里的歌唱
清晨日出时的感动
比如抓不住的眼神
可以读出来的诗

比如谷雨的雨
小满夜的酒
比如你的懊悔
我的失落

至于湘西
还有永顺的温泉
八面山的风
凡此种种
没有痕迹
我写下来，告诉你
岁月远去，记忆永存

无话可说

夜半人静
想说点真话
于是想起了你

说什么呢
即使见面
也相对无言的你

无题

在慌乱的人生里
读到一首好诗
爱过一个好人
该如何描述此刻的心情
当我意识到这就是我的
仅有的一生
我感激涕零
而后
又痛哭失声

自由

与其说是怀念你
不如说，我感激你
感激曾经：你的手、你的眼、你的声音
以至于任何时候
只要闭上眼
只要我愿意
他们就在我身上、耳边、周围

没错，你已远去
我再不用对你说：我想你

这是一种什么感受呢
就是
在深夜里看见自由的光明
白天也是，夜晚更甚

赠友人·盼归

再见你时
会是怎样

你要是问起，我们之间是什么
我会说
亲爱的
那是山川、河流、大地、故乡

你要是再问
我就老实交代
你就是山川、河流、大地
我的故乡

这不是诗

——写于儿子二十岁生日

我不会写诗给你
因为
诗不及你
我不及你
我最好的一切都配不上你
我没有能力写好你
我没有什么东西能够给你
你是你
你甚至不需要
我来爱你

记得你小小的时候
我还很年轻
我告诉你

好男儿志在四方

而现在

我老了

我还是会告诉你

好男儿

志在四方

野火

这个春天
没有花
没有水
没有新绿
没有燕子飞来

只有一次
我想起你
那是一个夜晚
奔波的途中
高速路边
野火正席卷着荒原

辑三◉我的故乡

你要是问起，我们之间是什么

我会说

亲爱的

那是山川、河流、大地、故乡

我的故乡

1. 二泉映月

桐花兀自开了
隔壁的阿婆掌起了灯
放学回家的我，做好饭菜
坐在屋檐下，等待农忙未归的母亲
村尾的姐姐湿着头发，自溪边洗澡归来
月亮升起来了
我拄一根小木棍走上田埂
就像，拉着二胡的阿炳

2. 过去

小时候
过年，就下雪了

得有齐膝深吧
我扒着门
问母亲：什么时候可以出门啊
等等，母亲说
初三一过，就行了
来
把火生旺
烧个粑粑吃
看二哥写字
大哥吹口琴
爸爸再讲几个山鬼的故事
一天啊，很快就过去了

3. 夜来香

那时候
建军婆还很年轻
门前种花，长势很好
她有一个儿子、一个女儿、一幢木房
傍晚
总能听见她爽朗的笑声伴着门前花香

去年

她儿子被猎枪误伤，倒在了山坡上

女儿跟着传销队伍远走他乡

建军婆没有看到这些

在这之前

她就用自己的黑头巾上吊

死了，在那幢木房

至今

我不知道她姓甚名谁

只知道她门前的那片花儿

名叫夜来香

4. 回家

在这里

笑过一次耳朵聋的接生婆

摘过一次别人家地里的长豆荚

还有一次，装作没看见热情打招呼的哑巴

摘过几次野山泡

打过几次板栗

摘过几次枇杷

只是啊

我不知道自己

还能回来几次

我的家

5. 哑巴

平常，是没有人会想起他的

比如喝喜酒

赶场

提亲、送亲

打牌

聊天

商量

一起上山放牛羊

除非送葬

或者你需要出门一趟

也无须客套、不用过场，只要一个手势

他肯定到场，出最大的力

按时给你投喂鸡鸭牛羊

这很正常
就像，他活该一直是个光棍一样

6. 娘

手机里存的号码是“娘”
娘不识字
七十岁的她
记得住我和大哥二哥的号码
一天要给我们打一个电话
娘听力不好
却不肯随我们上医院配助听器
见面的时候
侧着脸看向我们
费劲地想听清我们说的那些她不懂的话
知道娘听不到
还是会在娘再问一遍的时候提升了音调
知道娘老了
可是，娘怎么可以老呢

这才是生气的原因

娘是多么强壮
小小的身体
背最大捆的柴
种长势最好的庄稼
教最有骨气的孩子
有足够的底气摔爸爸的酒瓶
而现在
却小心翼翼地按着电梯钮
总是照顾我们的情绪
放弃了她最不舍的土地
像个孩子一样，探头探脑地看着我们
亦步亦趋地跟在爸爸身后
看着看不懂的红绿灯

7. 庆好哥被运了回来

在广东
因为工厂事故耳朵聋了
骑一辆电动车，在大街上

被后面的卡车追尾

死了

在外打工的乡亲们，赶了回来

大家一起

给他送葬、做道场

什么都没说

尤其是和他一起出去打工的弟弟

他的庆好哥，再也不用和他一样

只有过年的时候，坐二十小时的火车

才能回一次故乡

8. 胜利家

胜利有六兄妹

胜利是老二

有个大哥

一个弟弟

三个妹妹

大妹妹嫁得偏远，家里穷

二妹妹被拐卖到广东，据说日子过得不错

三妹妹的丈夫疯了

三妹妹和孩子都靠一个包工头养活

胜利大哥，得癌死在家里

胜利弟弟

早早结婚

在家带着孩子

胜利呢

二十五岁那年

偷了家里一袋苞谷卖

被他爸爸打了一顿

带着一瓶农药跑出家门

倒在离家五百米的水田里

9. 她的伤心事

她有五个儿子

十二个孙子

这是她这辈子最有成就感的事情

足以让她在所有村妇面前昂首挺胸

人群里

她总是说话声音最大的那一个

她这一生

也有几件伤心事

比如

她的孙子曾追着她打

因为她老是为难老实的媳妇

比如

小儿子一直没有结婚

乃至外界传言

她和小儿子苟合

再比如

临死的时候

只有她唯一的女儿守在床头

至于死后，儿孙们为了她那老屋大打出手

已经不是她的事了

10. 姐姐们

姐姐们的刘海总是那么好看

姐姐们走路，裤子上的皱褶都好看

姐姐们砍柴去了

姐姐们下河捞虾米去了

姐姐们溪里洗澡去了

姐姐们赶集去了

姐姐们纳鞋底了

姐姐们做新鞋了

姐姐们出嫁了

姐姐们做的事情

我一样都没有做

我一样一样的羡慕呀

羡慕了很久很久

当我再一次想起姐姐们的时候

才发现

我嫁人已经嫁了很久

11. 鼓

不知道是哪家死了人

鼓点“梆、梆、梆……”

歌客一声一声，整夜整夜地唱

不知道鼓里有什么东西

鼓就是他们发出的声音
只能悄悄地从窗户、门缝偷看
不敢作声
怕惊动了住在鼓里的人

12. 打板栗

清晨，早早起来，趁别人还没来
塞满了卡其布衣服的口袋
放学回来，来不及放下书包
再捡两口袋
晚上，一家人坐在火坑旁
用牙齿咬破板栗皮，埋在火灰里
听见“扑哧”声响
板栗熟了，可以吃了
妈妈，我们什么时候去打板栗
等再熟透一些
等哥哥放假回来

哥哥拿着长长的竹竿
站在高高的板栗树上

我和妈妈，还有奶奶
戴着斗笠，站得远远的
等哥哥打完了再去捡哦
板栗会惩罚不听话的小孩
打在背上，刺得生疼
疼得哭
哥哥会安慰伤心的小孩
快点捡哦，捡了走开
不然板栗打屁股来了
小孩哭着，又笑了起来

13. 集市

爸爸带着我去的时候多一些
有时候卖米
有时候卖辣椒
妈妈带着我去，就在集尾
和来赶集的大姨、二姨坐一起抹眼泪
看见外婆了，就往她背篓里塞东西
二哥用蛊婆吓我
防蛊的手势，记到如今

14. 记忆

冬天的早晨
妈妈醒了，就起来
先烧一盆火
然后开始刷牙、洗脸
打扫、洗衣、煮饭
爸爸起来了，就敲哥哥的房门
我赖在床上，等妈妈喊
燕儿啊，起来吃饭了

15. 桥顶

上面坐着叫不完的叔伯兄弟
每次经过
母亲总是提醒我
忘了喊谁，还有谁，还有谁……
低头，挨个叫遍，才能走下桥顶
总会听到想要的称赞声：
听话、在行、好看、长高啦……

从来都不好意思，抬头、好好地看看他们

等我想好好看看的时候
我已经四十岁了
桥顶上的那些人
早已不知道去了哪里
我想知道
他们是谁
我想看看
他们眼里的青春

这是一种什么感受呢

就是

在深夜里看见自由的光明

白天也是，夜晚更甚

白云山

下雨天
就不用上山看云了
因为云
被更低处的酉水接住
山，也变得温柔起来
它闭着眼
任由白云与酉水，缠绵成雾
一遍遍，在山林间翻涌

而晴天
只能眼睁睁地看着云
在高处寂寞

二〇一八年七月

七月已经过去
八月能怎样呢
雷声
都只敢在深夜才响起
惊醒的
是那些一夜未眠的人

没有雨
深夜闷雷
又成了他们失眠的另一个原因

天亮了
醒来的人开始担心
而一切，才刚刚开始呢

老屋

大哥用三十万
把老家的屋子翻修一遍
而母亲
用自己种的玉米
把屋里屋外，铺上金色的地毯

父亲在屋里咳嗽
惊起小憩的狗
低眉顺目的，从屋外的阳光里走过
屋外，荒废了的耕田把童年推得很远

大哥拍了很多照片
五十岁的他，围着老屋
一遍一遍，有如转山
有如参禅

乌龙山顶

老妇人问我
在这里看什么
我笑了笑，看下面的乌龙山大峡谷
她的儿子说
天气更好的时候
百里外的八面山会出现在峡谷尽头

这里还有一大片的土地
长着板栗、野花、油菜
树下的我
是过客
一小块土地
就可以是我的归宿

迷路

每一块广告牌后面
都是一个人的一生
不能相信
行色匆匆的面具
来自温暖的家庭

山里的孩子，迷路了
探头探脑、小心翼翼
在城市里寻找
失散多年的亲人

冬天的湘西

阳光很好的午后
会想起歌谣、想起母亲
雨天呢
有为我徐徐展开的云雾环绕的高山、大地
清晨的门外
总想生起的那一盆火
傍晚的山上
看见远处袅袅炊烟升起
如果更有耐心
你会看见
太阳落到山的下面，仅仅只需要六十秒而已
我要如何向你说明，这一切只属于冬天呢
哦，对了
就像，哪里都有的一日、三餐
你试试在它们前面加上两个字：湘西

誓词

——我想深切地活着,吸纳生命所有的精髓

慢慢地、喝一碗热气腾腾的豆浆
走一段开着樱花的小路
准备明天要炒的菜
种春天才能开的花
爱一个会相伴终生的人
这些让我们满足的事
每一件，都关于时间

你当然明白
是的，我们的生命，就是整个的时间

所以
你会爱，稍纵即逝的现在
你会接受，可能没有你的明天

晚上九点走在大街上的人

流浪歌手在唱着他的歌
一个姑娘经过，我看见她在哭着
有三个人喝醉了
其中一个还在电话里谈工作
另外两个，一身酒气，神情落寞
两对中年夫妻，并排走着，没有交流

最后一个才是我
没有买到想要的东西
听流浪歌手唱了两首歌
一首是《张三的歌》
一首是《最真的梦》

清明有感

春天的故乡
就像从未失去
从未悲伤似的明亮
村头村尾的桐花开了
炊烟升起
就像从未忘记一样
溪水莽撞地奔腾而过
告别往日干涸肮脏的河床
熟悉的人们来到眼前
就像从未走散一样
一切都在故乡聚拢、重塑、落入泥土
再发出新芽

我，已历经风霜

但在春天的田野

我的村庄

在妈妈、哥哥，还有他的身旁

我觉得自己还有权利

做一个不谙世事的小姑娘

你看看四周

天地之间

答案就是

只要你来，我就在你的眼前

一树梨花

医院里的一树梨花
没有办法决定
自己开在哪儿

甚至
到了春天
她只能开着

看到的人
却非说
她有多快乐

失约

我决定
去追湖上的那片雾
清早
这个决定让我
沿着河岸一直走
我看着雾，从湖岸升腾
在林间消失

我记得约过你的
一起来看湖

给海子，我的兄弟

那个小伙子对着电话说
你要我怎么做你才满意
我承认我很爱你

这里是德令哈
一切还在发生
海子花园酒店已经客满
广场上聚满了人
还有你以及你的“姐姐，今夜我在德令哈”
只有我，在不断读着你的诗
我怕他们忘了下一句

我和我的爱人
绕道来这里

住一晚

再读你的《日记》

我已经能够忍住泪水

我会一直记得德令哈

记得

天还没有黑呢

月亮已经孤独地升起

带你去看文峰楼

如果你来看我
当然，如果时间足够
我一定带你去看文峰楼
那里有一张长凳
我们坐下来
静看远处鸽群飞落

我们会看到对面的大坡谷
我会告诉你，谷里曾经盛开的桐花
告诉你那里的日出日落
告诉你那条山间小道
以及岔路口

而文峰楼

适合看月亮

适合看乾州城里的万家灯火

你对我说起你的童年

你的父母

你的爱情、你的伤痛

而我，一个字都没有提起我

我想，你是知道的

你目光所及之处，都是我

人间一瞬

——2022 年 2 月 22 日与吴大哥在益阳
　　不期而遇有感

如果说今天千年一遇
我们就会格外地珍惜
因为
百年千年对于我们来说
也只是短暂的一生

我们毕竟不能像益阳
五千年来从未更名
被多少人多少次反复提起
一次次重生

人世间也好
我们总以为
相聚会在明天

我们也明白大多数的，会在人海里擦肩

人世间也好

踏雪而来，便有人

在雪中，摆上佳肴

我们四散而聚

人世间也好

我们未曾料到

千年一遇的今天

在益阳、在雪中不期而遇的见面

不知道

不知道为什么沅水起了雾
如同我不知道
为什么走上这条路

想起一个故人
他应该很老了
今天
他却没有像一个老人一样
坐在家门口

不知道沅水变了没有
如同不知道
为什么
我看着它时有了慈祥的笑容

是时候了，来湘西吧

是时候了

经历过二〇二〇

经历过生死、恐慌、焦虑

经历过爱情

是时候去看看那些

美好而安静的事物了

如果，你错过了冬雪

错过了蜡梅、错过了樱花

错过了雾气氤氲的清晨

错过了那个让你心头一暖的人

你苍老、寒冷、疲惫、心无所依

不要怕，来湘西吧

尽管你已经辜负了她许多许多回

但是，只要是春天

只要你来
她就会原谅你
她依然会为你铺洒万千柔情

你最好
开车走长吉高速来
那样，你就会看到
往山上奔跑的油菜花、樱花
连绵摇曳的新竹
你会经过桃花源
看到绿色掩映下的村庄
你会想起
那曾是你梦想中的家
雾气笼罩的沅江两岸
宛若初生的桃花、李花、迎春花
还有那些叫不出名字的嫩黄的新芽
是的，这就是湘西了

穿过二十二个隧道
你便走在了矮寨大桥上
最好是雨天

宋朝的山水画卷
就从这里，为你
徐徐打开了
你会忘了语言
你会眼含泪水
但是你不能停下来
就像我们的人生

如果这时候
我在你身旁
我也不会作声
时间很快
十几分钟的路程
就到花垣道二乡了
这里的梯田绵延，山峰逶迤
我曾不止一次，绕道来过这里
我也不忍心告诉你
这里躺着一个
叫弭诺的湘西诗人

当然

你随时可以从任何一个出口下高速
走向湘西的任何一个村寨
走到湘西的任何一条溪流
就像我经常做的一样
只要你有足够的时间
你可以随性赶路上遇到的集
买路边堆放的山货
吃小店特色的小炒
看村头盛开的桐花
裹着头巾的苗族阿妈会目不斜视地
从你身旁走过
你会想起童年记忆里的妈妈
你会拿起电话
打给那个你平常已经忘记了的人

然后，就把车停在路边抽一支烟吧
是时候了
是时候低下头
返回内心
看看自己
还剩下些什么

看看还有什么不能失去
掐灭烟头的那一刻
记得告诉自己
我还值得！

最后
你就捧着仅有的那颗心出发吧
你把热爱洒向这里的任何一寸土地
你不会再一无所获了
王村、小溪、坐龙峡、德夯、里耶
老司城、边城、浦市……
哪怕是凤凰
也已经恢复了往日的宁静
你看着它们
它们也穿过岁月看着你
就像你经历的千山万水
它们也经历了
不管你多么悲伤、脆弱或者欢喜
它们都会接住你
就像母亲的怀抱
最初的腹地

你住下来吧
虽然已经不能和最爱的人一起了
你去八面山或者白云山上看看悠悠的白云
或者，就在乌龙山大峡谷的民宿里
看看山间的月亮的吧
一个人也好
你可以对着兀自远去的溪水痛哭一场
痛痛快快地哭一场吧
如果还需要一个理由
你就为了那个目极千里伤心悲
难掩涕兮投身江水的哲人
路漫漫其修远兮
擦干泪水，用尽时间
你便转身离去吧
我会来与你告别
为你读我的《誓词》
是的，我想告诉你
你不是一无所有
你还有，往后余生